RAPPORT

PRÉSENTÉ

AU CONSEIL MUNICIPAL DE BORDEAUX

SUR

L'ORGANISATION

DE L'ÉCOLE DES BEAUX-ARTS

PAR M. E. SOULÉ.

adjoint.

BORDEAUX

IMPRIMERIE G. GOUNOUILHOU

11, RUE GUIRAUDE, 11

1888

RAPPORT

PRÉSENTÉ

AU CONSEIL MUNICIPAL DE BORDEAUX

SUR

L'ORGANISATION

DE L'ÉCOLE DES BEAUX-ARTS

PAR M. E. SOULÉ,

adjoint.

BORDEAUX
IMPRIMERIE G. GOUNOUILHOU
11, RUE GUIRAUDE, 11
1888

RAPPORT

PRÉSENTÉ

AU CONSEIL MUNICIPAL DE BORDEAUX

SUR

L'ORGANISATION DE L'ÉCOLE DES BEAUX-ARTS

Par M. E. SOULÉ,

adjoint.

———— •••• ————

MESSIEURS,

La transformation en École des Beaux-Arts de l'École de dessin et de peinture de notre ville comptera parmi les œuvres les plus intéressantes et les plus utiles auxquelles il nous ait été donné de concourir. Entrevue depuis une dizaine d'années comme le but suprême auquel on devait tendre, poursuivie d'année en année par des accroissements de budget et des créations de cours nouveaux, elle s'est réalisée sous notre administration par la réunion de l'École de sculpture à l'École de dessin, de peinture et d'architecture. La ville possède maintenant, réunis en un seul établissement, tous les éléments d'une École des Beaux-Arts.

Désireux de donner à notre École l'installation définitive dont la privation avait si longtemps entravé ses progrès, vous avez décidé sa translation dans les bâtiments de l'ancien hospice des Vieillards.

Vous avez ainsi mis la dernière main à une œuvre poursuivie avec méthode et fermeté par les administrations qui nous ont précédés depuis quinze ans, et obtenu un résultat qui montre ce que peuvent l'unité de vues et la communauté de tendances et d'efforts chez des administrations successives.

Si nous comparons aujourd'hui la situation de notre École à celle des Écoles semblables de province, elle nous semble à peu près à son rang, bien que des villes moins importantes que la nôtre consacrent à l'enseignement des Beaux-Arts des sommes plus considérables.

L'École des Beaux-Arts de Lyon			a un budget de	69,000 fr.
—	—	Toulouse	—	63,950
—	—	Marseille	—	46,000
—	—	Lille	—	36,000
—	—	Rennes	—	32,952
—	—	Bordeaux	—	30,000
—	—	Rouen	—	27,000
—	—	Clermont-Ferrand	—	24,000
—	—	Montpellier	—	20,000
—	—	Nancy	—	17,500
		Etc., etc.		

Nous ne venons qu'au sixième rang pour l'importance du budget et nous sommes dépassés par des villes d'une population moindre que la nôtre. Mais il faut remarquer qu'à Lyon l'École est nationale, régie par le Ministère, et qu'elle reçoit, ainsi que celle de Toulouse, une subvention de 16,000 fr. ; que les Écoles de Rennes et de Lille, qui semblent fort prospères, sont subventionnées aussi par l'État, tandis que nous sommes à peu près seuls en France réduits à nos seules ressources. Nous possédons cependant autant de professeurs, d'enseignements accessoires et un cadre d'études aussi complet. Notre installation matérielle, une fois les travaux d'aménagement de l'ancien hospice des Vieillards terminés, sera, de l'avis des gens compétents, supérieure à celle des autres villes et permettra à notre École de prendre une extension plus grande. Nous pouvons donc compter sur de nouveaux progrès et espérer que dans un avenir prochain notre École rivalisera avec celles de Toulouse et de Lyon. Mais, pour atteindre ce but, des réformes sont nécessaires dans l'organisation même de l'École, et je croirais superflu d'en démontrer l'urgence et l'utilité.

Au moment où la translation de l'École va pouvoir s'accomplir, il a semblé à l'Administration qu'il était temps d'examiner cette question de réorganisation intérieure et de chercher dans une réglementation nouvelle la solution de difficultés contre lesquelles nous avons eu trop souvent à lutter. Il s'en faut que le développement de notre École s'accomplisse sans tiraillements, et les embarras intérieurs qui s'y produisent nuisent parfois très gravement à ses progrès. Je n'ai pas à insister sur la nature et les causes de ces difficultés d'ordre intérieur, ce sont là questions fort délicates ; mais voulant y apporter un remède radical, l'Administration l'a cherché dans une organisation sur de nouvelles bases. Nous avons fait appel à l'expérience, nous avons étudié les conditions d'existence et de fonctionnement des autres Écoles de Beaux-Arts en France et nous venons vous apporter les résultats de cette recherche et de cette comparaison.

Les Écoles où sont enseignés les arts plastiques en province se divisent en trois catégories : Les Écoles nationales de Beaux-Arts, les Écoles régionales ou municipales liées par un traité avec l'État; enfin, les Écoles purement municipales, comme la nôtre.

Les Écoles nationales des Beaux-Arts sont peu nombreuses. Elles existent à Lyon, Dijon, Bourges et Alger. Soumises absolument à l'autorité du Ministère, elles n'ont rien de municipal. Le rôle de la municipalité dans ces écoles se borne parfois à payer presque totalement la dépense.

A Lyon notamment, la Ville prend à sa charge tous les frais qui s'élèvent à 69,000 fr. (plus du double de ce que coûte notre École), et reçoit seulement de l'État une subvention fixe de 16,000 fr. A Bourges, la Ville paie la moitié des dépenses totales qui s'élèvent à 26,000 fr.

Les écoles régionales ou municipales liées par une convention avec l'État et recevant, sous certaines conditions, une subvention variable, forment la majorité.

Enfin, des écoles purement municipales existent dans quelques villes, mais il en est fort peu (deux ou trois à peine) qui ne reçoivent aucune subvention de l'État, qui puisent dans les fonds communaux leurs seules ressources et conservent, à ce prix, une indépendance voisine de l'isolement et qui est loin de servir à leur développement artistique. Notre École est de ce nombre.

Depuis quelques années un assez grand nombre de villes, qui possédaient des Écoles municipales de dessin et de peinture, sont entrées en pourparlers avec le Ministère et ont recherché l'appui pécuniaire et artistique de l'Administration des Beaux-Arts. Ainsi ont été créées des Écoles régionales ou municipales fort prospères; il y a lieu de rechercher à quelles conditions ces transformations ont eu lieu et d'examiner si la Ville de Bordeaux n'aurait pas intérêt à entrer dans cette voie.

Les villes qui transforment leur École des Beaux-Arts en École subventionnée par l'État, signent avec le Ministre une convention dont les conditions sont, à des détails près, partout identiques. En voici les traits principaux :

L'école prend le nom d'École régionale des Beaux-Arts, ou peut même conserver le titre d'École municipale (c'est ce qui a lieu à Nancy et à Clermont-Ferrand). Le budget de l'École fixé, au moment de la convention par le Conseil municipal, doit être soumis chaque année à l'approbation du Ministre, sans l'assentiment duquel il ne peut être augmenté ou diminué. L'État s'engage à accorder une subvention qui, d'après les ressources des villes, varie entre le tiers ou le cinquième du budget total de l'École. Cette subvention augmente ou diminue proportionnellement aux augmentations ou diminutions du budget; c'est pour cela que l'approbation annuelle du budget, par le Ministère, est exigée.

Le Ministre se réserve le droit de faire inspecter l'École par ses délégués et d'établir un règlement et un programme d'études sur la base du projet dressé par la Municipalité, au moment où la convention est passée.

Ces règlements et ce programme d'études sont conçus sur un type commun. Les détails en sont très simples.

Chaque ville y introduit les modifications qu'elle juge nécessaires, en indiquant notamment les matières qui doivent être enseignées dans l'École et les cours qui y sont professés. Chaque ville règle ainsi librement l'importante question de la direction générale des études et imprime ainsi à son École le caractère qui lui convient.

Le règlement, très peu compliqué, assigne au directeur et aux professeurs leurs fonctions respectives, indique les conditions d'admission des élèves, etc., etc... Le directeur et les professeurs sont nommés par le Préfet, sur la proposition du Maire.

Enfin, l'École est placée sous l'autorité du Maire, assisté d'un Conseil de patronage dont la composition varie suivant les villes, mais où la prépondérance est assurée à l'élément municipal. L'autorité municipale reste donc souveraine dans l'École, excepté en ce qui concerne le choix des méthodes et des professeurs.

Telles sont, en quelques mots, les conditions imposées aux villes qui traitent avec l'État. Sont-elles avantageuses pour les villes qui les acceptent? La plupart des municipalités en ont jugé ainsi. Depuis 1880, en effet, des conventions semblables ont été acceptées par les villes de Montpellier, Rouen, Nancy, Rennes, Lille, Tours, Clermont-Ferrand, Amiens, Angers et Poitiers.

Une seule objection pourrait être faite : ce serait le danger de voir absorber par l'État une œuvre municipale, de voir l'État, en échange d'une quote-part dans la dépense, annihiler l'influence de la commune et s'attribuer ainsi le profit moral d'une œuvre alimentée, pour la plus grande part, par les fonds communaux.

Mais l'examen des conditions du traité est de nature à calmer ces susceptibilités légitimes et à rassurer les plus chauds partisans de la décentralisation et des franchises municipales.

L'État, en somme, se réserve uniquement deux prérogatives : la nomination du personnel enseignant (et encore sur la proposition du Maire), la haute main sur les méthodes et l'enseignement. Que faut-il penser de ces deux prétentions?

Pour ce qui est du droit de nomination du directeur et des professeurs, l'État n'avait pas besoin, pour le revendiquer, de passer des traités avec les villes. Aux termes du décret du 23 mars 1852, la nomination du personnel enseignant dans les Écoles de dessin appartient à l'autorité supérieure et est exercée par les Préfets. Si, dans certains cas, l'État ne revendique pas l'exercice de ce droit, il n'y a jamais renoncé et il pourrait en user. S'il en émettait la prétention, à Bordeaux par exemple, nous serions obligés de supporter son ingérence dans les nominations ou d'élever un conflit regrettable et dangereux en refusant les crédits nécessaires pour payer les professeurs.

Cela est tellement vrai que dans les Écoles municipales de Beaux-Arts qui ne sont pas liées par un traité avec l'État, à Marseille, par exemple, et à Toulouse, le Maire nomme et révoque tous les employés de l'École, à l'exception des professeurs qui sont nommés par le Préfet.

Quel inconvénient y a-t-il d'ailleurs à laisser l'autorité supérieure exercer son droit de nomination? Les nominations ne pouvant être faites que sur la présentation du Maire, la Municipalité exerce en fait une influence dominante sur le choix du personnel. Elle ne peut en aucun cas se voir imposer des professeurs qu'elle aurait des raisons pour ne pas agréer; elle peut présenter les candidats qui lui conviennent et l'autorité supérieure devra forcément les nommer, s'ils présentent les conditions de capacité exigées; la Ville trouve enfin dans la nomination du personnel enseignant par l'administration des Beaux-Arts, des garanties de savoir et de compétence qu'il est difficile de se procurer autrement.

On ne saurait nier que de pareils choix sont parfois fort délicats pour une municipalité; que n'ayant pas sous la main, comme l'État, un personnel nombreux, pourvu de diplômes et de grades, dont elle connaît la valeur et les services, elle peut commettre des erreurs et confier des fonctions de directeur ou de professeur à des personnalités que leur mérite artistique contestable prive de toute autorité.

Le Ministère possède au contraire un personnel enseignant dont les titres et les services dans d'autres écoles ont été déjà appréciés, qui puise dans sa nomination par l'État une autorité plus grande, qui est enfin stimulé par l'espoir de l'avancement, absolument nul dans une école municipale isolée. Il ne peut donc y avoir, croyons-nous, qu'intérêt à accepter, sur ce point, le contrôle et l'appui de l'autorité supérieure.

N'en est-il pas ainsi au surplus dans toutes les branches de l'enseignement et contestera-t-on que l'État ait une compétence exclusive et indiscutable pour le choix des professeurs dans toutes les branches de l'enseignement? Dira-t-on que la Ville qui paie la dépense d'une Faculté devrait, pour conserver son indépendance, nommer sans contrôle les professeurs? Il y aurait, je crois, témérité pour une municipalité à revendiquer pour l'enseignement des beaux-arts un droit qu'elle abdique sans hésiter pour toute autre branche de l'enseignement. De même qu'elle s'en remet à l'État pour choisir des professeurs de médecine, de droit ou de sciences, elle peut, sans danger, s'en remettre à lui pour le choix des professeurs de beaux-arts. Et il serait singulier qu'en matière d'enseignement artistique une ville prétendît posséder une compétence à laquelle elle n'oserait prétendre pour tout autre enseignement.

Ce qui est vrai du choix des professeurs, l'est tout autant en ce qui concerne le choix des méthodes d'enseignement et la direction des études. En exigeant d'avoir la haute main sur les méthodes et les systèmes d'enseignement, l'État émet, croyons-nous, une prétention très justifiée et le résultat de cette action directrice ne peut qu'être favorable aux progrès d'une École de Beaux-Arts.

De l'avis des gens compétents, il y a une utilité incontestable pour l'enseignement artistique à ce que les méthodes nouvelles soient uniformément appliquées partout et triomphent ainsi de la routine contre laquelle elles peuvent avoir à lutter. Il y a une utilité tout aussi certaine à ce que les écoles qui préparent les jeunes gens pour les grandes écoles de Paris leur donnent, dès les premiers pas, une direction en harmonie avec celle qu'ils suivront plus tard. Il faut en un mot que l'enseignement préparatoire, qui n'a pas pour unique objet de préparer à l'École des Beaux-Arts de Paris, mais qui doit conduire au seuil de cette école les élèves les mieux doués, cadre avec l'enseignement supérieur que ces privilégiés iront y recevoir. La manière la plus sûre d'arriver à ce résultat est de laisser régler par une autorité unique, inspirée d'ailleurs par des personnalités artistiques éminentes, les méthodes et les systèmes d'enseignement.

Si une municipalité peut être exposée à l'erreur en ce qui concerne le choix des personnes, elle peut l'être tout autant lorsqu'il s'agit de méthodes ou de programmes. Il n'appartient pas à une ville d'élaborer des systèmes d'enseignement, elle peut et elle doit même indiquer le sens général de cet enseignement, dire s'il doit être par exemple purement artistique, ou pratique et industriel, mais elle ne peut en régler les méthodes et le détail. Si, en effet, elle veut aller jusque-là, elle n'arrive en fait qu'à accorder au directeur et aux professeurs une indépendance trop grande, à s'en remettre à leurs décisions et à subir les conséquences de tous les conflits qui peuvent naître dans le personnel enseignant.

Ces deux prérogatives que se réserve l'État dans les conventions qu'il passe avec les villes, sont donc utiles en somme à la bonne marche des études. Il suffit d'ailleurs de remarquer, pour éviter toute crainte d'absorption par l'État, que l'École régionale reste sous la haute direction du Maire, assisté d'un Conseil de perfectionnement dans la formation duquel il est tout-puissant; que la Municipalité, toujours maîtresse de son budget, ne peut se voir imposer des charges nouvelles si elle les juge inutiles; que la direction générale des études, que la direction à leur donner lui appartient entièrement, puisqu'elle règle au début la nature de l'enseignement, les cours qui seront professés à l'École, et que des cours nouveaux ne peuvent être ajoutés que si elle en approuve la création et vote les crédits nécessaires.

Le traité avec l'État ne nuit donc en rien aux droits et aux prérogatives de la Municipalité; il lui assure au contraire des avantages sérieux.

L'État alloue aux Écoles régionales une subvention pécuniaire qui, sans être considérable, n'est pas à dédaigner. On peut en sus compter sur d'autres avantages : collections de modèles, de plâtres, matériel d'enseignement, etc., qui sont libéralement fournis par le Ministère aux établissements où il a sa part d'action. On ne peut nier que les élèves d'un établissement ressortissant en partie à l'État ne trouvent plus de secours et d'appui pour poursuivre leurs études, que s'ils ont passé par une école tout à fait indépendante.

Il ne faudrait pas croire enfin qu'une transformation de ce genre pût faire dévier l'institution de la direction que nous lui avons imprimée et lui donner un objectif qui n'est pas le nôtre. Le Conseil n'a jamais négligé de marquer nettement le double caractère de l'enseignement qui doit être donné dans notre École bordelaise. Cet enseignement doit être assez élevé pour mettre en lumière les vocations artistiques, faire sortir des rangs ceux qui les possèdent, les préparer aussi bien que possible à l'École des Beaux-Arts où ils se voueront définitivement à la carrière artistique. Mais il doit aussi s'adresser à la grande masse, à ceux qui ne possèdent pas le don sacré et qui cherchent dans l'étude du dessin ou du modelage l'application industrielle. On a dit depuis longtemps que l'avenir de l'industrie en France était lié au développement et à la diffusion des connaissances artistiques dans notre population ouvrière; que ne pouvant rivaliser avec les autres pays, pour le bon marché et l'abondance de la production, la France devait garder sa prépondérance par l'élégance et la délicatesse de ses produits industriels. Ce résultat ne peut être acquis que par la culture des qualités spéciales qui ont toujours été l'apanage de nos ouvriers français et par la part, toujours plus large, faite dans leur instruction à l'étude du dessin, de la peinture et de la sculpture d'ornement.

Tel est précisément le but des Écoles régionales auxquelles l'État prête son concours :

« Leur véritable destination, disent MM. Dupré et Ollendorf, dans leur récent *Traité de l'Administration des Beaux-Arts,* est de faire une espèce de sélection entre les élèves, de distinguer parmi eux ceux qui ont des dispositions réelles pour les études d'art, ceux dont la récompense suprême est le prix de Rome, ou qui paraissent mieux doués pour les études d'art décoratif, auxquelles une récompense spéciale n'a malheureusement pas encore été accordée, mais qui trouvent un débouché facile dans la situation privilégiée de nos industries d'art... L'enseignement des arts décoratifs a fait plus que d'y pénétrer. On peut dire qu'à côté de l'enseignement des Beaux-Arts, il est l'objet principal des préoccupations de ceux qui les ont instituées. Cette préoccupation se retrouve jusque dans ce titre de *Régionale* donné à l'École. C'est en effet suivant l'industrie dominante de chaque région qu'un cours spécial tendant au relèvement de cette industrie a été institué dans chacune d'elles. »

Et nous voyons, en effet, dans les programmes d'étude de ces écoles, l'art industriel figurer pour une large part. C'est ainsi qu'à Poitiers, à Nancy, il existe des cours de dessin et de peinture d'ornement; à Rouen, à Amiens, à Angers, on enseigne les applications de l'art à l'industrie; à Montpellier, à Tours on enseigne en outre la stéréotomie, la menuiserie, etc., etc.; en un mot l'enseignement de l'art décoratif y tient la large place qui lui est due et que nous avons toujours voulu qu'il occupât chez nous.

La transformation de notre École entraînerait certaines modifications dans son budget, auxquelles la subvention de l'État nous permettrait largement de faire face sans augmenter nos charges. La plus importante est relative à la situation du Directeur, qui a été souvent signalée comme une des causes principales de nos embarras. Suivant l'exemple, plus économique que rationnel, de certaines villes, le Directeur de notre École a jusqu'ici été en même temps professeur. Ce n'est que par la réunion en ses mains de plusieurs cours et avec l'appoint d'un préciput de Directeur, qu'il est arrivé au chiffre d'appointements généralement attribué aux Directeurs d'écoles similaires. Mais cette situation est la cause dominante des difficultés au milieu desquelles nous avons eu à nous débattre.

L'influence du Directeur est capitale dans la bonne marche d'une école de Beaux-Arts; de sa valeur, de son prestige, de ses qualités artistiques et administratives, dépendent le progrès ou la décroissance, le développement facile et harmonieux ou les embarras et les difficultés de toutes sortes. Pour qu'un Directeur exerce une action bienfaisante, il faut qu'il puisse s'imposer aux élèves et aux professeurs par sa valeur, son caractère et ses titres artistiques; il faut aussi qu'il ait une situation indépendante et que son rôle se borne à la surveillance et au contrôle de tout ce qui se fait à l'école. S'il ne possède pas ces qualités, si pour des motifs multiples il arrive à se mettre en conflit permanent avec l'unanimité des professeurs, le développement de l'école ne peut que s'en ressentir.

Il y aura donc lieu, dans l'organisation nouvelle de l'École, de créer à l'artiste qui sera choisi pour la diriger, une situation indépendante. Cela augmentera la dépense. Mais la subvention de l'État nous permettra d'y faire face et de grossir encore sur d'autres points le budget de notre École.

Nous n'hésitons pas à penser, en présence de toutes ces considérations, qu'il y aurait avantage pour la ville de Bordeaux à suivre l'exemple qui lui a déjà été donné par de nombreuses villes, et à transformer son École de Beaux-Arts en École régionale, avec le concours de l'État. C'est ce qui nous a engagé à vous soumettre le projet suivant de convention qui nous a été proposé par le Ministère.

PROJET DE CONVENTION

Entre M. le Ministre de l'Instruction publique, des Beaux-Arts et des Cultes, agissant au nom de l'État,

D'une part;

Et M. le Maire de Bordeaux, agissant au nom de la Ville, spécialement autorisé à cet effet par délibération du Conseil municipal en date du

D'autre part;

Il a été convenu ce qui suit :

ARTICLE PREMIER.

L'École de dessin, de peinture et d'architecture de Bordeaux est transformée en établissement régional et prend le titre d'École municipale et régionale des Beaux-Arts.

ARTICLE 2.

Le budget de l'École, comprenant la rétribution du personnel administratif et enseignant, ainsi que les divers frais du matériel, sauf ceux du local et d'entretien du local, est fixé à

Il sera soumis, avant l'ouverture de chaque exercice, au Ministre, sans l'approbation duquel nul changement ne pourra y être apporté.

La Ville s'engage à fournir à l'École le local nécessaire et à pourvoir aux frais de son entretien.

ARTICLE 3.

Un règlement et un programme d'études seront établis par le Ministre sur la base du projet préparé par la Municipalité de Bordeaux, lesquels demeureront annexés à la présente convention et, une fois revêtus de l'approbation du Ministre, ne pourront plus être modifiés sans son consentement.

ARTICLE 4.

L'École municipale et régionale des Beaux-Arts est soumise à l'Inspection des délégués du Ministre. Son personnel est nommé, conformément aux prescriptions du décret du 25 mars 1852, par le Préfet, sur la proposition du Maire, après avis de l'Administration des Beaux-Arts.

Article 5.

Le Ministre de l'Instruction publique, des Beaux-Arts et des Cultes assure à l'École municipale et régionale des Beaux-Arts de Bordeaux une subvention annuelle de représentant le cinquième du chiffre auquel a été arrêté le budget de l'établissement.

Ce chiffre de ne pourra être diminué ou augmenté sans l'assentiment du Ministre ; la subvention de l'Administration des Beaux-Arts s'augmentera, en ce cas, ou se diminuera de façon à demeurer fixée au cinquième du budget annuel.

Article 6.

M. le Maire de Bordeaux soumettra les termes de la présente convention à l'approbation du Conseil municipal ; l'extrait de la délibération dans laquelle aura été donnée la ratification du dit Conseil devra être approuvé par M. le Préfet de la Gironde et transmis par lui au Ministre.

Fait en double, à Paris, le

Le Maire de Bordeaux,

Bordeaux. — Imp. G. GOUNOUILHOU, rue Guiraude, 11.

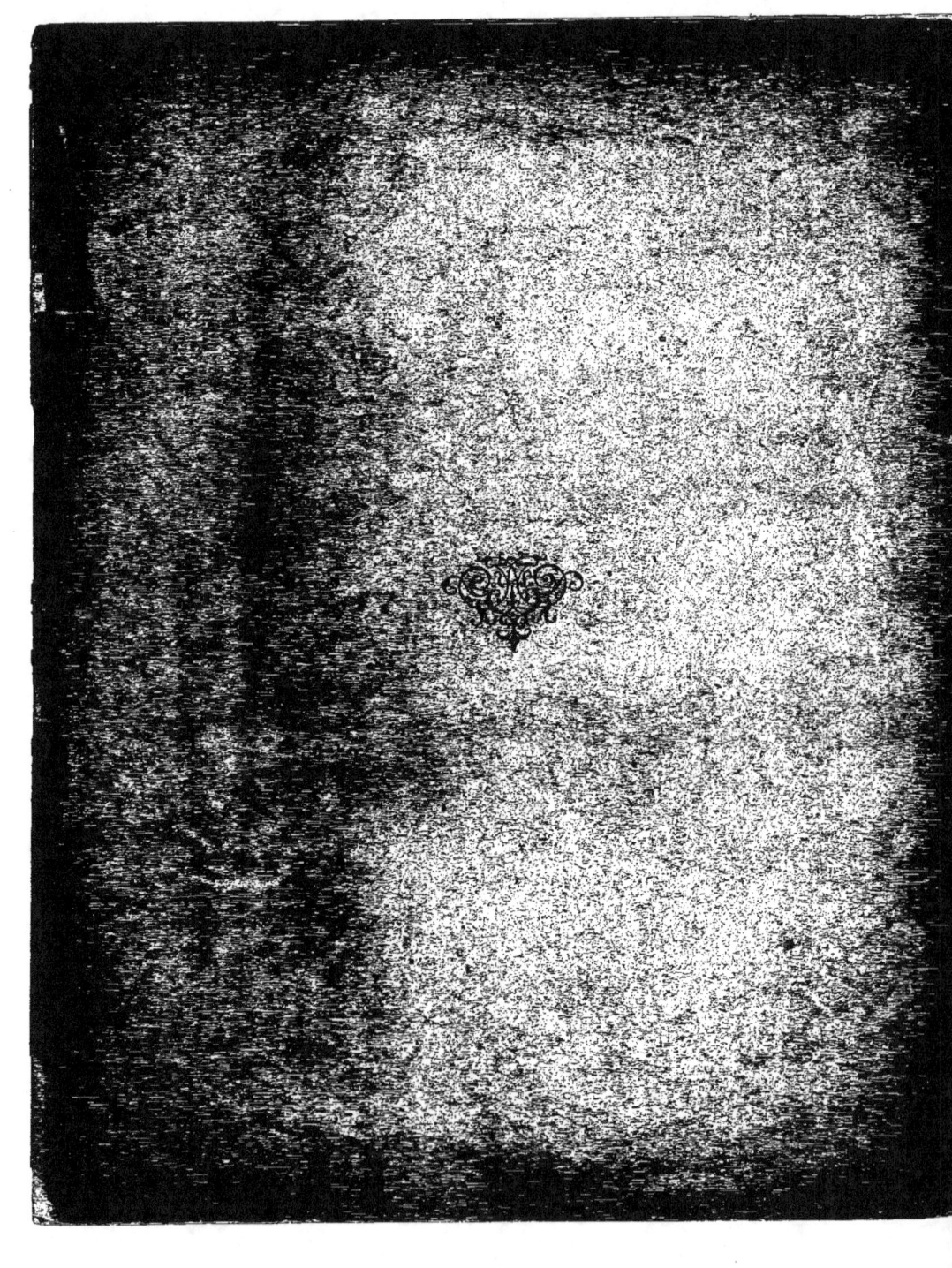